獻給我的奶奶，關於你的記憶與溫暖的愛
長存我心。
DC
紀念奶奶
JC-T

文／彤恩·凱西　　圖／潔西卡·寇特妮-堤可　　譯／黃筱茵
主編／胡琇雅　　行銷企畫／倪瑞廷　　美術編輯／蘇怡方
第五編輯部總監／梁芳春　　董事長／趙政岷
出版者／時報文化出版企業股份有限公司
108019台北市和平西路三段240號七樓
發行專線／（02）2306-6842
讀者服務專線／0800-231-705、（02）2304-7103
讀者服務傳真／（02）2304-6858
郵撥／1934-4724時報文化出版公司
信箱／10899臺北華江橋郵局第99信箱
統一編號／01405937
copyright © 2022 by China Times Publishing Company
時報悅讀網／www.readingtimes.com.tw
法律顧問／理律法律事務所　陳長文律師、李念祖律師
Printed in Taiwan
初版一刷／2022年10月21日
初版二刷／2024年7月15日
版權所有 翻印必究（若有破損，請寄回更換）
採環保大豆油墨印製

奶奶的花園

文／彤恩・凱西

圖／潔西卡・寇特妮 - 堤可

譯／黃筱茵

奶奶的花園
野草恣意生長。

奶奶說：「這野花啊，」
「是蜜蜂的大餐。」

奶ㄋㄞˇ奶ㄋㄞ˙的ㄉㄜ˙花ㄏㄨㄚ園ㄩㄢˊ常ㄔㄤˊ常ㄔㄤˊ下ㄒㄧㄚˋ雨ㄩˇ
溼ㄕ答ㄉㄚ答ㄉㄚ。

我們一邊採著水果，
一邊唱著啦啦啦。

奶奶的花園不是很整齊。

奶奶說：「這裡啊，」
「只有小腳腳才能通行。」

奶奶有一棵大樹，
彎彎曲曲。

奶奶說：「這個家啊，」
「讓大家溫暖舒適的相聚。」

奶奶的花園夜裡黑漆漆。

「火ㄏㄨㄛˇ光ㄍㄨㄤ很ㄏㄣˇ溫ㄨㄣ暖ㄋㄨㄢˇ，
頭ㄊㄡˊ頂ㄉㄧㄥˇ的ㄉㄜ星ㄒㄧㄥ光ㄍㄨㄤ亮ㄌㄧㄤˋ晶ㄐㄧㄥ晶ㄐㄧㄥ。」

奶奶的花園
到處都是種子；

好多好多食物——
有野花，也有野草。

奶ㄋㄞˇ奶ㄋㄞˇ的ㄉㄜ˙花ㄏㄨㄚ園ㄩㄢˊ狂ㄎㄨㄤˊ野ㄧㄝˇ又ㄧㄡˋ可ㄎㄜˇ愛ㄞˋ。

奶奶微笑著說：
「生命在綻放。」

奶奶的花園開始凋零。

葉子飄落，頭上有閃耀的明亮星星。

奶奶的花園光禿禿
靜悄悄。

她_{ㄊㄚ} 空_{ㄎㄨㄥ}蕩_{ㄉㄤ}蕩_{ㄉㄤ}的_{ㄉㄜ} 椅_ㄧ子_ㄗ上_{ㄕㄤ}
只_ㄓ停_{ㄊㄧㄥ}了_{ㄌㄜ} 一_ㄧ隻_ㄓ 知_ㄓ更_{ㄍㄥ}鳥_{ㄋㄧㄠ}。

我在奶奶的花園裡
縮著身子哭泣。
冬日的天空裡
太陽不再照耀大地。

奶奶的花園埋在雪裡。

世界寂靜無聲，毫無生機。

寒ㄏㄢ風ㄈㄥ掃ㄙㄠ過ㄍㄨㄛ的ㄉㄜ樹ㄕㄨ梢ㄕㄠ上ㄕㄤ，新ㄒㄧㄣ芽ㄧㄚ綻ㄓㄢ放ㄈㄤ。

一株雪花蓮搖響它銀色的鈴鐺。

我們在奶奶的花園
種下她的種子，
好多好多食物——
有野花，也有野草。

季ㄐㄧˋ節ㄐㄧㄝˊ流ㄌㄧㄡˊ轉ㄓㄨㄢˇ，我ㄨㄛˇ們ㄇㄣ的ㄉㄜ花ㄏㄨㄚ園ㄩㄢˊ開ㄎㄞ始ㄕˇ生ㄕㄥ長ㄓㄤˇ；

花ㄏㄨㄚ朵ㄉㄨㄛˇ、莓ㄇㄟˊ果ㄍㄨㄛˇ，一ㄧ排ㄆㄞˊ排ㄆㄞˊ的ㄉㄜ豆ㄉㄡˋ子ㄗˇ也ㄧㄝˇ欣ㄒㄧㄣ然ㄖㄢˊ茁ㄓㄨㄛˊ壯ㄓㄨㄤˋ。

樹ㄕㄨ木ㄇㄨ讓ㄖㄤ我ㄨㄛ們ㄇㄣ
想ㄒㄧㄤ起ㄑㄧ奶ㄋㄞ奶ㄋㄞ。

我‵們‵對‵著‵大‵黃‵蜂‵唱‵奶‵奶‵的‵歌‵。

我‵們‵在‵花‵朵‵間‵看‵見‵她‵的‵微‵笑‵。

我‵們‵在‵星‵星‵升‵起‵時‵
點‵亮‵她‵的‵營‵火‵。

奶奶的花園
狂野又可愛。

我微笑著說：
「生命在綻放。」